Joachim Engel

Es hät fei schlimmer kum könn

Alle Geschichten, mit Ausnahme von
„Rundumbetreuung" und „an den Falschen
geraten" sind frei erfunden.
Ähnlichkeiten mit lebenden Personen sind
nicht zufällig, sondern beabsichtigt

Joachim Engel, geboren 1961 in Haßfurt, aufgewachsen in Unterschleichach, lebt im Landkreis Haßberge.

Rückmeldung gerne an joengel@gmx.de

©2013 Joachim Engel
„Herstellung und Verlag:
Books on Demand, Norderstedt"
Texte: Joachim Engel
Umschlagbild: Kirsten Christiansen
Karikaturen im Text: Alex Kaiser, Peter Fuchs, Kirsten Christiansen
Durchführung Textbearbeitung: Florian Engel
ISBN: 9783848257461

Dieses Buch widme ich:

Mir selbst

Die eigentliche Kunst is des Leben an sich.

Obwohl?
Falsch!
Richtig heißts:

Das ganze Leben is der Sorge nicht wert!

Näh, oder doch net?
Was jetzt?
Ke Ahnung

Inhaltsverzeichnis:

1. Ich dich viel mehr
2. Valentinstag
3. Rundumbetreuung
4. Der kleine Unterschied
5. Getrennte Wege
6. Blos ka drei Buchstaben aufm Auto
7. Urlaubserinnerungen
8. Vom richtigen Zeitpunkt
9. Aus Versehen
10. A Scheiß Tag
11. Schlechtes Gewissen
12. Große Liebe
13. Rückzieher
14. Sauerei
15. Einmal und nie wieder
16. Zoologieunterricht
17. Waidmannsheil
18. Der Sport war umersüst
19. Fahrschule
20. Es hät schlimmer kum könn
21. Dumm gelaufen
22. Aufmerksamkeit

23. Silberhochzeit
24. Harmlos fängts an
25. Überraschung
26. An den Falschen geraten
27. Wo ghört er denn hie
28. Letzte Rettung
29. Im Supermarkt
30. Der Eh und der Anner
31. Echt oder net Echt
32. Alleh is ah nix
33. Bubertät
34. Pressetermin
35. Frohe Weihnacht
36. Sie liebt mich

1. Ich dich viel mehr

„Ich lieb dich!"

„Ich dich ah!"

„Ja, aber ich lieb dich viel mehr!"

„Nee, stimmt net. I c h lieb dich viel mehr als du mich."

„Blödsinn. Du willst blos wieder recht hab. Ich lieb dich viel viel mehr."

„Stimmt doch gar net. Ich lieb dich wirklich viel mehr als du mich. Sonst würdest du net immer anderen Weibern nachschau."

„Ich andere Weiber nachschau? Spinnst jetzt wieder mal? Wer hat den gestern beim Griechen dem Ober ständig so schöne Augen gemacht."

„Was hab ich gemacht? Du leidst doch unter Einbildung. Und wenn's so gewesen wär. Des geht doch dich nix an."

„Ach mich geht's nix an, wenn ich a Fraa hab, die sich an jeden Kerl ranschmeist."

„Ich schmeiß mich net an jeden ran, du Depp! Des brauch ich mer vo dir net sagen zu lassen."

„Die Wahrheit werd ich sach dürf. Wer hält dich denn aus, wer bezahlt denn den ganzen Scheiß da. Dein Auto, deine Kläder und deine tausend paar Schuh."

„Des muss ich mir net anhör. Hau doch ab, wenn's dir da net passt. Vielleicht findst ja ehna, die net wächer der Kinder dahemm bleibt, aufs Ärberten verzicht und dich faulen Hund den ganzen Tag vo hinten und vorn bedient."

„Ach leck mich doch am A..., Auf so Ehna kann ich gern verzicht. Du bist doch wirklich des Allerletzte."

„Du bist so gemein und hast überhaupt ke bisle Feingefühl. Ich hass dich."

„Vo dir lass ich mich net schlecht mach. Ich hass dich noch viel mehr."

„Nee, ich hass dich viel viel mehr!"

„Des segst jetzt blos, dass du wieder Recht hast. Ich hass dich viel viel mehr als du mich. Basta."

2. Valentinstag

„Fraa, morgen is Valentinstag. Was mach mer denn? Die Bluma letztes Johr ham dir ja net gfallen. Willst dir heuer net lieber selber was besorch. Ich gäb der halt des Geld. Du kennst dich doch eh besser aus beim Gärtner:"

Ihm is regelmäßig schlecht worn, wenn er an den scheiß Valentinstag bloß gedacht hat. Den muss der Teifel erfunna hab, hat er sich gedacht. In der Gärtnerei is er sich jedes Mal vorkumma, wie ah Pfarrer im Freudenhaus. Äh, ich meen umgekehrt, äh, wie a Zuhälter in der Kirch, oder so. Neuja, jedenfalls halt deplaziert.

„Also Fraa, was is jetzt? Gemmer numma los. Ich kann ja mit. Aber ich wart im Auto und du holst der die Bluma selber."

„Naa, ich brauch nix, des is doch eh bloß a Geldmacherei!" Des hat na beruhigt. Des hat er hör woll. So arg hat er des hör woll, dass ihm gor net aufgfallen is, dass na sei Fraa net nei die Augen gschaut hat dabei, wie sa des gsocht hat.

Wie der Valentinstag da war, hast ken Radio mehr eischalt könn. Ständig hamsa vo nix anners mehr gered, wie und wo die Leut den scheiß Valentinstag feiern. Sogar in Japan gibt's na angeblich.

Gut dass sei bestes Stück gsacht hat, dass sa des nemmer mitmach müssen. Auf der Ärbert ham scho alle Kollechen ihr eigepackta Blümli naus gedrong, wie sa hemm ganga sin. Aweng a ungutes Gefühl hat er dann ja scho kriecht, wie er aufm Wäch zum Auto vo so ahn fliegenden Blumahändler angsprochen worn

is und stolz abgelehnt hat. Dann im Auto, kurz vor dahem, war er sich gor nimmer so sicher. Obwohl er scho des blöda Radio ausgemacht hat, weil sa immer nuch vo nix anners gschmart ham, als fo dem scheiß Valentinstag.
Naja, gut dass ich mit meim Liebling gestern nuch drüber gered hab, beruhigt er sich.

Sei Fraa is tatsächli wie immer. Sei Essen griecht er hi gstellt und sie mecht ihra Ärbert. Bloß weng ruhicher is es in der Wohnung. Ah dehem is der Radio aus und kenner secht a Wort. Später gehn sa dann nuchmal zum Eikäffen und hemwärts beim Schwacher vorbei. Dort steht a großer Strauß mit schönna rota Rosen aufm Tisch.

„Schau mal", secht die Schwester, „den habbi vo meim Moo und vo die Kinner griecht. Schö gell? Hast ah so an schöna Strauß griecht?"

Da wars dann endgültig aus. Vier Wochen hat sie nix mehr mit ihm gered a Wort.

A Jahr später is es dann anners geloffen, da war er wider angstanden, beim Gärtner, wie alle andern ah. Verlegen, betreten, deplaziert halt.

Aber da muss mer einfach durch, wemmer überleb will, in dera rauhen, so männerfeindlichen Welt.

3. Rundumbetreuung

„Landpolizei, Engel."

„Ja, hier is die Frau Erhard. Ich wollt mal freech, ob die Polizei ah Streife fährt. Mei Man
lacht scho."

„Freilich fahren wir Streife, ja. Was gibt's denn?"

„Ja, ich bin doch heut Babysitter und kann die Junga net erreich. Die ham gsacht, dass sie in an Loch sitzen und ihr Telefon dort net geht. Jetzt wollt ich halt mal freech, ob die Polizei net mal Streife fährt. Mei Man schent scho. Ja, aber es is net so wichtig, ich kanns ah später noch mal probier."

„Ja, dann machen Sie es halt so. Die Streifen sind eh alle belegt und bloß für wichtige Einsätze da. Was hams denn jetzt eigentlich für a Problem?"

„Ach, ich soll die Flaschen fürs Kind mach und hab jetzt vergessen, wie viel Pulver da nei ghört."

„Was habens denn für ein Pulver? BePa?"

„Ja, genau, BePa II steht drauf."

„Das ist doch kein Problem. Wieviel Tee nehmen sie denn? Zweihundert oder hundertfünfzig Milliliter?"

„Zwähunnert."

„Na, da nehmens doch einfach 6 Löffel."

„Ja. Äh, Teelöffel?"

„Nä, die großen roten Plastiklöffel, die dabei sind."

„Ach genau, die. Ja, genau, so mach ichs dann, gut, schön. Ja, so mach ichs. Auf Wiederhören dann und recht schönen Dank."

„Keine Ursache. Auf Wiederhören."

4. Der kleine Unterschied

Beim Vatter klappts immer und beim Bruder geht's a scho ganz gut
Des kann ich doch ah, denkt die Klee und macht sich selber Mut

In an unbeobachteten Moment unter die groß Fichten gedrückt
Aufrecht hiegstellt, die Bee weit auseinanner und des Klääd hochgerückt

Zuerscht kummts zaghaft, spritzt obber doch nach alla Seiten davo
Dann gibt's ke halten mehr, der Strahl wird stärker, hält sich links und läft kräftich des ehna Bee no

Im Gartenschuh werds warm, des muss wohl aweng unangenehm sei
Die Klee leert na unterm Baam aus und schlupft gschwind widder nei

Der Vatter hats beobacht, wie er zum Hof nei fährt
Naja, denkt er sich, jetzt wär des a scho geklärt

5. Getrennte Wege

Scho zum zwätten Mal sucht er den Tisch ab. Aber zwischer dem ganzen Gerümpel taucht die Lampen net auf. Dabei braucht er sa unbedingt. Vielleicht net aufm Wääch nach Schweinfurt, aber auf jeden Fall heut abend, wenn er mit seim Fahrrad hemm fährt. Weils halt jetzt scho um sechsa dunkel wird, gscheit dunkel.

Die ganz Werkstatt hat er durch gsucht, unterm Tisch, sämtliche Regale, im Haus, überall dreimal geguckt. Die Kinner gfreecht, die Fraa vorsorglich mal zamgschissen. Die Lampen bleibt verschwunden.

Sie war sei ganzer Stolz gewässt. Geleucht wie a Stadionflutlicht, aufm Radwääch vo Untertheres fast bis nach Schweifurt die Nacht zum helllichten Tag gemacht. Er hat sa geliebt. Jeder hat na beneid um des Ding. Alle aufm Radwääch ham gstaunt und sin respektvoll auf Seiten gsprunga. Jeder hat gewusst, da kummt der mit seiner Lampen daher. Sie war a Teil vo ihm, er und sei Lampen halt.

Aber sie war verschwunden. Ah die nächsten Wochen und Monate is sie nimmer aufgedaucht.
So hat er halt dann doch schweren Herzens 70,-€ ausgähm und sich a Neua gekäfft.

Zu der Zeit war die Lampen scho in an großen Lederkoffer auf der Mülldeponie geland. Zuerscht hat sie nix dabei gedacht, eigepackt worn. Dann aber scho gemerkt, dass da was net stimmt, sich Sorng gemacht.

Der Hausherr hat nämlich in seiner Werkstatt den Müll vo der Hausentrümpelung zwischengelagert ghabt. Wie er dann die Säck forttransportier hat wöll, is der eh geplatzt und alles Mögliche, wie alte Videokassetten, Ladegeräte und Kinnerspielzeuch is durchernanner auf sein Werktisch gepurzelt. Da hat er net lang rum gemacht, die Arm ausgebreit, den Sack unten umschlossen, zamgedrückt, hochghoben, Körperdrehung nach links, wie a Schaufelbagger überm Lederkoffer, der a zum Entsorgen bereit gstanden war, die Arm aufgemacht und alles was er in der Krallen ghabt hat, neigschmissen.

An Tag später gings auf die Gemeinde zum Bauhof in den großen Sperrmüllcontainer. Zwää Wochen später dann nach Wonfurt auf die Kreismülldeponie.

Des hat die Lampen dann gar nimmer verstanden. Was hat sie sich net für ah Müh gähm, immer anständich geleucht, sein Besitzer nie im Stich gelassen, im größten Räächen und Schnee immer dabei gewässt. Und dann des. Eigepfercht zwischer all dem Müll. Zuerscht sich net abfind hab woll, immer wieder mal versucht bisle Licht in den dunklen Koffer zu bringa. Aber mit der Zeit sin die Batterie immer schwächer worn, schließlich gor nimmer ganga. So hat sich die Lampe schließlich mit ihrm Schicksal abgfunna und ah gor nimmer weiter leb woll. Wie dann die Batterien ausgeloffen sin und ihr des letzte bisle Lebenslicht ausgelöscht ham, wars fast wie a Erlösung.

Vorbei die Zeiten wo sie sich alla zwää an ernanner gfreut ham und stolz auf sich waren. Er hat sa immer gepflecht, schö trocken geriehm, sauber geputzt. Sie immer hell geleucht dafür.

So warn sie richtig eigschworn auf ernanner. Und dann so a abrupts End.

Bis zuletzt hat vo dena zwää kenner versteh könn, wie der anner ihm des hat antu könn und vor allen Dingen auf welche Art und Weis sich des zugetragen hat.

Des is nämlich scho a große Belastung für unner Seel, wenn jemand uns enttäuscht, uns gor verlässt, und wir erfahren nie wie und warum.

So häts passiert sei könn. Aber es is anners kumma.

Wie er die scheiß Lampe zwä Stund gsuch hat, hat er sich nochma genau besonnen. Zu dem Entschluss kumma, dass er die Lampen 100Prozentig aufm Tisch gelecht hat. Dann hat er sich überlecht, was er in der Zwischenzeit auf dem Tisch gemacht hat und dabei is ihm gottseidank des mit dem Sperrmüll eigfallen.

Schnell wie der Blitz nach Obertheres gfahren, sich vo den großen Augen des Aufsehers net stör lass und in den Container nei küpft, untergetaucht, mit dem Lederkoffer wieder zum Vorschein kumma. Koffer aufgerissen und sei Lampen hat ihn angstrahlt. Des kammer wirklich net beschreib, wie in dem Moment dena zwää die Herzen aufganga sin.

Und wenn sa net gstorm sind, dann leben, oder strahlen sie noch heut.

6. Bloß ka drei Buchstaben aufm Auto

„Na Gott sei dank mal net mit Holländer", denkt er sich, wie er in Saalbach-Hinterglemm in ahner vollen Gondel aufm Zwölfer nauf fährt. „Des hört sich ja desmal richtich fränkisch ah."

Kurz bevor sa ohm sen, hat er sei Begleiter scho ziemlich genau räumlich zugeordnet. Ganz sicher is er sich aber nuch net.

„Habt ihr noch Haßfurter Autonummern odder scho Bambercher drauf?", traut er sich zu freng.

„Bambercher, wos denn süst?" Verständnislosa Blick treffen na. Wie er denn überhaupt auf so was Dumms kummt, von wegen Haßurter Autonummer?

„Naja, ich wäs net. Aber die Kirchaicher ham fei ah nuch Haßfurter Nummern", meld er sich noch mal zu Wort.

„Naa, mir senn alla vo Priesendorf." soong sa und stecken selbstbewusst die Brust raus.

Für jeden, ders net kennt:
Priesendorf iss vo Aich grad zwä Kilometer getrennt.

7. Urlaubserinnerungen

„Ach, Frau Meier, Sie sin ja wieder da. Gell, dahem is es doch am schönsten, net war?"

„Ach ja, bei uns ist es auch schön, aber das is doch kein Vergleich zu Italien. Dieses wunderbare Land. Die Sonne und die netten Leute."

„Hats denn bei euch ah so viel gerängt?"

„Von wegen! Nur Sonnenschein. Es war wunderschön. Sonst wär ich ja nicht so braun geworden."

„Was ham sa denn da am Hals gemacht? Des schaut fei net gut aus. Warn sie scho mal beim Doktor?"

„Was? Ach so, nee, das is bloß eine kleine Sonnenallergie. Ich hab halt etwas zu spät mit dem Einschmieren angefangen. So schlimm is das aber nicht."

„Naja, mein Franz tät ich net da nunter bring. Der braucht doch immer sein Mittagsschlaf."

„Den hatten wir da unten auch. Mittags konnten wir ja eh nicht aus dem Haus. Weils so heiß war. Da haben wir dann Ruhe gehalten und etwas gelesen, von Zwölf bis halb Fünf. Das wär nicht möglich gewesen, dass man da noch großartig aktiv gewesen wär."

„Wolln Sie net nacherd auf Kaffee weng rüber zu mir kumm, ich hab an frischen Erdbeerkuchen beleecht."

„Ach, das geht grad nicht, ich muss dann in meinen Diätclub. Ach ja, des Essen war halt wieder soo gut in Italien und des lange Sitzen abends. Aber jetzt muss ich wieder was für die Figur tun."

„Naja, mir gehen halt zwämal in der Wochen für unner Figur nach Zeil zum Schwimma. Obber so vorm Frühstück mal ins Meer nei, des tät mir scho a gfall."

„Ach, wir hatten auch so einen tollen Swimmingpool, gar nicht weit von unserer Anlage. Im Meer hats heuer leider Algen gegeben."

„Der Mühlfelder hat fei sei Heckenwirtschaft ah wieder offen. Mir waren am Samstag scho wieder drüm gewässt. Vorher simmer naufm Schlossberg gewandert. Des is zwar ke Italien, ober schlecht wars ah net."

„Naa, des kann man mit Lido di Jesolo wirklich nicht vergleichen. Das is ja eine Traumlandschaft. Da is alles so schön eben. Da sieht man, wenn man Glück hat, sogar bis zu die Alpen."

„Beim Richard(Mühlfelder) kost der Hausschoppen fei immer nuch bloß 1,50 € und die Brotzeiten wärn ah immer größer. Aber Italien söll ja nuch billicher sei."

„Nicht ganz. Also ein Glas Wein für 1,50€ gibt's da nicht. Aber das is ja auch was ganz anderes in Italien. Dieses tolle Land. Und den

Zeller Sauerampfer kann man mit einem italienischen Lambrusco wirklich nicht vergleichen."

„Lambrusco? Ich meen, den hats neulich mal beim Aldi gähm. Aber mir ham fei gscheit Kopfschmerzen drauf kriecht. Ach so, ja, die Neebs ham euch ja ah getroffen, da unten, ham sa erzählt. Und die Kundmüllers müssen ah net weit vo euch gewohnt sei."

„Ja möglich. Frau Nachbarin, es war schön wieder mal zu plaudern. Aber ich muss jetzt zum Allianzvertreter. Ob was passiert ist? Ja, unser neuer BMW is aufgebrochen worden. Dabei waren wir so vorsichtig. Wenn wir ihn irgendwo stehen liesen, ist immer einer im Auto sitzen geblieben. Des Auto hatten wir genau unter unserem Balkon stehen und jedes Mal abends den Radio ausgebaut. Nur einmal am Supermarkt. Das war nicht einmal eine Minute. Dann war die Tür kaputt und des Radio fort."

„Echt? So was is uns in Zell fei nuch nie passiert."

„Auf die Gemeinde muss ich auch noch und zur Führerscheinstelle. Die haben dann nämlich in unser Hotel eingebrochen. Der ganze Safe mit unseren Papieren und des ganze Bargeld war weg. Deshalb sind wir auch ein paar Tage früher heim gekommen."

„Ohje, na da hams ja wirklich Pech ghabt. Ach, Sie ham ah neues Auto?"

„Nee, des is blos a Leihwagen, weil unser BMW is doch kaputt. Auf der Autobahn is uns so ein blöder Holländer hinten rein gefahren und das mitten im Brennertunnel, ich kann gar nicht sagen, welche Angst wir ausgestanden haben. Gottseidank ist mein Mann ja beim ADAC. Die haben uns dann am nächsten Tag gleich heimgebracht. Ja, und nächste Woche bringen sie unseren Klaus heim, der liegt nämlich noch in Innsbruck im Krankenhaus, wegen dem Unfall."

„Ach Gott, ich gläb mir müssen ah zum ADAC. Mir ham nämlich gor ka Absicherung. Net das des uns ah mal passiert. Wo mir doch immer so oft nach Zell nei die Heckenwirtschaft fahrn."

8. Vom richtigen Zeitpunkt

Es is scho echt net so eefach, mit dem Ackerbau. Grad im Kleinen, wenns bloß um so an klenna Garten geht, da mecht mer sich oft noch mehr Gedanken, als wie wenn mer davon leben tät.

Könna jetzt die Kartoffel geleecht wer oder net, gibt's nuchmal Frost. Mer will ja net zu spät dra sei. Aber im Winter, wenn nuch der Schnee liecht und der Boden gefrorn is, dann is ja ah nix.

„Inge, des Wetter schlächt um. Ich gläb, mir könna die Wochen nuch unner Grumbern naus mach."

„Ja, meenst, vielleicht schaff mers ja desmal, dass mir früher dran sin, wie unner Nachbarn. Naja, gekäfft hammer sa ja scho vor vierza Dooch. Dann müss mer wenigstens net hinten nach renn, wenn alla eikäfn."

„Also gut, Inge, dann mach ich sa morgen früh gleich naus. Beim Nachbarn tut sich nuch gor nix. Dessmal pack mer sa, dessmal simmer die erschten mit die Grumbern."

Der Wecker klingelt zeitich. Des wär ja gelacht. Der Wetterbericht hat heut trockenes Grumbern-steck-Wetter gemeld. Des werd schö.

Gschwind steht er auf, geht schnell nuchmal aufs Kloh und zieht dann in der Küchen den Rollo hoch. Da trifft na fast der Schlag. Im Garten vo seim Nachbarn sieht er im Morgengrauen scho deutlich lange über die ganze Gartenbreite gehende Erdhäufli, typischa Kartoffelreiha halt.

Da muss er sich erscht mal setz. Des gibt's doch net. „Der Sauhund!"
Am Haus sieht er so an neumodischen Lichtstrahler, wies na neulich beim Aldi gähm hat.

„Der Sauhund, der verreckt!" Er kann si gor net beruhig.

„Was is den los?" Die Inge kummt zur Küchen rei.

„Heuer mach mer gor ka Grumbern naus. Heuer käff mer sa. Die könna mich heuer alla mal am A….."

Sechts und geht wider nei sein Bett.

9. Aus Versehen

In Zell in der Heckenwirtschaft hat a Blinder beim Nausgehen

An Einbeinigen übern Haufen gerennt, ganz aus Versehen

Der Einbeinig hat gschend: „Freund, des wenn da noch mal mechst

Tret ich dir in Hintern, dass di überschlegst."

Der Blind weicht zurück, ganz jäh

Und lacht: „Des will ich säh!"

10. A scheiß Tag halt

„Wir müssen des mach, es gibt ken annern Auswäch mehr. Ich kann nimmer, ich bin am End, ich halt des nimmer aus. Wir müssen sterb, des is die enzich Lösung."

„Ja, du hast recht, unner Eltern, unner Freund, unner Kinner hassen uns. Kenner akzeptiert, dass wir uns lieb ham, dass wir zusammen sei wölln. Kenner kann die Sehnsucht versteh, die mir ham. Alle reden blos nuch schlecht und verurteilen uns. Ich will nimmer zurück, will ken mehr seh und vo ken mehr was hör."

„Dann lass es uns jetzt mach. Blos eh Knopfdruck, sei versichert, alles ist dann vorbei. Nix wird uns mehr quäl, uns den Schlaf raub. Alles wird gut wern, wir sin dann immer zamm, wo immer des a sei wird, mir wärn uns lieben für alle Zeit. Wir gehören zam, für immer, wenn net da, dann eben im Jenseits."

„Ja, mei Liebling, du hast Recht, es gibt ken Auswäch mehr, lass es uns mach."

Und dann passiert des Unglaubliche, des Unfassbare: Sie nimmt den Revolver, reißt na hoch, die Augen zum Himmel gericht, des kalte Metall an die Schläfe gedrückt. A Schuss durchbricht die Stille. Sie fällt in seine Arm, blos a dünner Faden dunkelrot rinnt aus ihrer Schläfe aufs weiße Kopfkissen. Die Augen sin leer.

Er nimmt den Revolver: „Mei Liebling, mei Leben, mei Glück!" Sagts und hält sich den Revolver an den Kopf. Aber ke Schuss bricht. Blos a Klick is zu hören. Schmerzverzerrt reißt er am Abzug. Nix bewecht sich mehr, eh Patrone will eefach net so wie es sei söll. Er drückt, bemüht, probiert, nimmt die Pistol vom Kopf, hält sie vor sei Augen, handiert, zieht, betäticht jeden Knopf, jeden Hebel. Schweiß auf der Stirn. Scheiß Technik, jetzt is es schon 11h. Eigentlich müsst er längst dahemm sei.

Dann schafft ers . Des Ding funktioniert widder. Deutsche Technik eben. Nochmal angschaut, gezögert, auf die Uhr geguckt. Ihr in die Hand gelecht. In der Wohnung schnell alle Spuren beseiticht. Gewischt, geputzt, aufgeräumt. Deutsche Gründlichkeit eben. Tür verschlossen. Davo gerennt, hem ganga.

Hallo gsacht, Kinner umarmt, vor den neuen Plasma gesetzt, Bier aufgemacht. Auf die Frage: Wie war dei Tag? Mit „ So wie immer, scheiße halt" geantwort.

11. Schlechtes Gewissen?

„Du sach amal, hast du gestern abend wie ich scho im Bett war noch amal a ganza Flaschen Wein und a ganza Flaschen Schnaps gsuffn? Weil die fehlen nämlich im Keller und ich bin mer sicher, dassa gestern noch unten warn! Sechts und guckt ihrn Mann ganz misstrauisch an.

„Na, also des tätst ja wohl merk, wenn ich gestern so viel getrunken hät. Für was hälst du mich eigentlich?"

So reden sie noch a zeitlang und kumma zu dem Ergebnis, dass sie in den letzten Monaten regelmäßig mehr volle alkoholische Getränke in Keller, als leere wieder naus getragen ham. Des kann doch net sei, dass von dena Leut im Haus sich da ehner unerlaubt bereicher tät. Näh, des traun sie denen net zu. Die zwää Mietparteien die sie noch mit in ihrm Haus ham sin doch ältere Ehepaare und ganz anständicha Leut. Drum hat mer den Keller a nie abgsperrt

Der eh Mieter secht gleich, wie sie des Thema dann doch mal ansprechen, dass bei ihm auch immer wieder mal was fehlen tät.

Es hilft alles nix. Wie sie die nächste Zeit des ganze mal geziehlt beobachten und die Flaschen zählen, lässt sich's nimmer verberg: Es kummt regelmäßig Schnaps und Wein wäch.

Des ganze belastet sie scho gscheit. Diebe im Haus, mit jemand der klaut unter einem Dach? Nä, des kammer net aushalt. Da mecht mer sich ja verrückt, kann nimmer schlaf am End. Denkt blos noch drüber nach, was als nächstes fehlt und wie mer den Gauner endlich erwisch könnt.

Nach langem Überlegen geht er halt doch zur Polizei. Vielleicht können die ja helf. Fragen kost ja nix. Aber den Wääch hät er sich spar könn. Näh, sie könne da nix mach. Erst wemmer wääs, wer klaut, dann würden sie na halt anzeich. Na bravo, da sieht mer mal, wemmer die Kerl brauchen tät. Aber wehe mer parkt mal eh minuten vorm Bäcker aufm Gehsteig. Da könna sie dann doch ganz schnell was mach.

Also selbst is der Mann. Nach a bor weitera schlaflosa Nächt hat er schließlich doch die zündende Idee wie mer des hausintern regel könnt. A Leihkamera ausm Elektromarkt. Des is ah gar net schwierig die in einem Kartong zu verstecken und aufzubauen.

Jeden Abend muss er dann nachschau, was die Kamera aufgenommen hat. Da isser scho beschäftigt. Gut dass er Rentner is.

Tagelang geht des so. Die erste Wochen is rum und nix hat sich getan, die zweite Wochen genauso. Zweifel kommen scho, obs denn überhaupt an Sinn hat, oder obs sie sich des alles blos eingebild ham.

Dann traut er seiner Augen net, die Kamera zeichts ganz deutlich, sogar in Farbe. Der eh Untermieter, grad der, wo immer behaupt hat, dass bei ihm auch Sachen fehlen täten, grad der. Wie selbstverständlich geht er zum Weinregal, nimmt paar Flaschen Wein raus, liest in aller Seelenruhe die Etiketten, guckt nachm Preis und steckt sich schließlich zwä

Flaschen in die Jackentaschen. Richtig unschuldig und zufrieden marschiert er zur Tür naus. Unserm Vermieterpärla fällt glatt die Kaffeetassen aus der Händ.

Der Dieb wird runterbestellt: Es gäb was zu besprechen. Selbstbewusst und ohne schlechtes Gewissen kummt er zur Tür rei.

Es sind wieder Flaschen geklaut worden und sie ham ihn im Verdacht, fangen sie erst mal an und hoffen, dass er vielleicht doch noch ehrlich alles zugibt, vielleicht unter Tränen gesteht und bereut.

Nix da, von wegen, eine Unverschämtheit ihn zu verdächtigen. Mit zitternden Händen schalt die Frau den Computer an und legt die CD ein. Schließlich bringts sie es doch zum Laufen und da lässt sich's nimmer abstreit. Wenigstens rot wird der Dieb wie er sich so inflagranti im Fernsehen sieht. Aber is es Schamesröte oder Wut, die ihm des Gsicht verfärbt? Des is ja unglaublich schreit er, er zieht aus, sofort, ihm reichts, des is ja ein Überwachungsstaat, geht naus, kummt kurz drauf wieder und legt 100,-€ aufm Tisch.

Die fristlose Kündigung kriegt er dann schriftlich.

Gut geht's unseren Vermietern aber dadurch auch net. Die menschliche Enttäuschung sitzt tief. So frech ins Gesicht gelogen zu werden, an nuch von jemand, den mer zu kennen glaubt, der mit ehm unter einem Dach wohnt. Da is ihra heile Welt scho bisle ins Wanken geraten. Aber zur Polizei wollen sie jetzt a nimmer. Die täten am End blos noch in der Zeitung damit protz, wieviel Täter sie im vergangenen

Jahr wieder überführt ham und dass der Landkreis doch der sicherste auf dera ganzen fränkischen Welt is.

Schlechts Gewissen hat er Gauner offensichtlich überhaupt keins ghabt, auch nachher net. Näh, der hat auch beim Auszug noch für Ärger gsorcht, weil die Wohnung in ahm unmöglichen Zustand war, vieles verreckt war und er für nix aufkumma is.

Also renoviert is und net wenich Geld neigsteckt worn. Neuer Mieter gsucht, paar mal daneber gelangt. Der eh ke Miete bezahlt, der nächst alles verraucht, dass des ganze Haus gstunken hat, der nächst Katzen gebracht, die Wohnung net sauber ghalten, schließlich an Hund der den ganzen Tag allee in der Wohnung gebellt hat.

Was hätten sa drum gähm, wenn wieder Ruhe eingekehrt wär, in ihrem Häusla. Schließlich war in der Haßfurter Zeitung folgende Annonce zu lesen:

Suchen ruhigen netten sauberen tierlosen zuverlässigen ehrlichen Mieter. Selbstbedienung in unserem Vorratskeller gerne toleriert.

12. Große Liebe?

Wiedermal in der Gondel in Saalbach is er unter a fränkische Männergruppen geraten

Er hält sich bedeckt, hört zu, secht nix, dass kenner riecht den Braten

„Morgen geht's bei mir net, morgen hab ich 30-jährigen Hochzeitstaach.

Da muss ich dahem bleib, des is gor ka Fraach."

„30 Johr, da muss mer sich scho arg lieb haben?!"

Der Jüngst in der Runde is unverheiert und traut sich zu fragen.

Mit großen Augen schaut er den Älteren als Vorbild an

Ein Wahnsinn, so ein glücklicher Mann

Die Antwort ihn jäh aus allen Träumen reißt

„Ach Schmarrn, Augen zu und durch, weißt!"

13. Rückzieher

„Ich will nimmer. Ich kann nimmer. Es gibt ken Ausweg. Mei Liebling. Mir müssen des mach. Zam sterb. Wenn wir im Leben net zusammen sei könna, dann wenigsten im Tod."

„Aber Schatz, könna mir net zam alles hinter uns lass, auswander, alles vergess, neu anfang. Mir zwää, blos mir, ist das nicht genuch, was brauch mer sonst."

„Nää, niemals gibts für uns a Zukunft. Mei Moo wird mich umbring, meine Kinner mich hass, ich werde alles verlier, mei Familie, mei Haus, sogar mei Auto läuft auf sein Namen, einfach alles is fort. Mir müssen sterb. Gib den Revolver her. Ich fang an."

„Nää, net des, net du, mei Glück, mei Leben, wie lieb ich dich, nie werd ich dich verlass. Nie werde ich ohne dich weiterlääb könn. Ich kann dich net sterb säh. Du lässt mir ke annere Wahl. Ich werds mach. Für uns, dass mir für immer zam sin."

„Ich folg dir, ich werde immer bei dir sei, wir ghören zam, im Leben wie im Tod."

Zaghaft nimmt der den Revolver mit zitternde Händ. Wie so oft guckt sie na in sei traurigen Augen. Ihr Blick zeicht Stärk und Zuversicht. Sie nimmt sei Händ, drückt sa ganz fest.

„Wir müssen jetzt stark sei, zweifl net, es gibt ke Zurück. Lass es uns selber mach, bevor die anneren über uns herfallen."

Vo zwä Händ umklammert geht der Revolver hoch, berührt sei Schläfen, die Finger krümma sich. Sei angstverzerrter ungläubiger Blick sucht a letztes Erbarmen. A Schuss bricht. Er kippt nach hinten, mit die Arm vergebens an letzten Halt suchend, ins Leere greifend.

Ungläubich schaut sie den Revolver an, große Augen, zitternda Händ, kalts Metall, in Stille verharrend. Plötzlich wirft sa den Revolver angewidert vo sich, springt hoch, rückwärts stolpernd, zur Tür tastend, den Griff findend, panisch aus der Wohnung die Treppen nunter rennend.

Monatelang in Apotheken Hilf suchend. Migräne erleidend. Tagelang im Bett verharrend. Schließlich langsam zu sich kommend. In einsamen Pools, großen Autos und sterilen Häusern an Halt findend.

14. Sauerei

Wie er hem ganga is, hat er sich sei Jacken vollgekotzt

Schlau, wie er war und dass die Fraa net motzt

Steckt er sich 10 Euro in die Jackentaschen nei

Früh gings dann scho los: „Du musst ja gestern wieder gscheid voll gwässt sei."

„Nää, Fraa, wu denkst du hin.

Stell dir vor, wie ich aus dem Gedräng in der Wirtschaft raus bin

Hat mich ein anderer vollgebrochen

Und mir 10 Euro für die Reinigung versprochen."

„Du, da tät ich aber noch einen zweiten 10 Euro-Schein vermissen.

Der Lump hat dir nämlich ah nuch in die Hosen neigschissen."

15. Einmal und nie wieder

„Moo, findst du des eigentlich in Ordnung? Ich meen, dass mir immer bloß in die Heckenwirtschaft gehen, essen und trinken und überhaupt nix für unner Gsundheit tun. Ich mein, sportlich gsenn. Früher semmer doch immer bissle gewandert, vorher. Und der Doktor secht ah jedes Mal, dass mir abnehma sölln."

„Wie kummst denn jetzt auf a mal auf so an Schmarrn. Bist vielleicht krank odder geht's der net gut?"

„Näh, obber jeder red vom Abnehma und kenner mecht was dafür. Frech doch mal dein Heinz, der wäs bestimmt a schöna Wanderung in Zell. Nacherd könnt mer erscht bisle spazieren geh und dann immer noch bei der Elke einkehr. Die Traudl und der Klaus wärn bestimmt ah dabei."

Naja, lass die ma red. Des vergeht scho wieder, hat sich der Ernst gedacht. Aber wie na sei Gerdi noch zwä mal damit genervt hat, is na doch nix annersch übrig gebliehm, als den Heinz anzurufen.

„Auja", secht der, „da gibt's den Schlangenwääch, wunderschö und net zu lang. Ich würd ja gern mitgeh. Aber nächsten Samstag hab ich scho was vor."

Also hat mer sich am Samstag aufm Wäch nein Steigerwald gemacht. Die Wanderschuh vo vor zwanzig Jahr ham nuch gepasst. Neue, scho vo weitem erkennbare Jack Wolfskin-Jacken hat mer sich scho längst mal käff woll. Die müssen nämlich saugut sei, weil doch jeder damit rumläft.

Der Ernst hat sich vom Heinz den Wäch beschreib lass und ah gleich den richtigen Einstieg vom Böhlgrund aus gfunna. Der Schlangenwääch is scho wirklich was ganz Besonderes. Des Wetter hat gepasst. Es war nuchmal a richtich schönner Herbsttag.

Am Anfang gings bisle bergauf, aber dann wirklich wunderschö durch weitgehend unberührte Natur. Und kenn Menschen hasta gsenn. Die annern sin alle bloß den Böhlgrund nauf und nunter gerennt.

Die Männer ham zwar ihrn 2009er Müller weng vermisst, aber die Frauen waren sichtlich froher Stimmung. Es hat net viel gfehlt und sie hätten nuch des singa angfanga.

Zwischendurch hats immer wieder mal Abzweigungen nach links gähm, aber der Ernst hat sa zielstrebig immer gradaus gführt. Er war der Chef und hat genau gewisst, wos hie geht.

Nach einerhalb Stund hammsa dann a glenna Pause gemacht.

„Bist scho sicher, dass mer noch richtich sinn?"

„Ganz sicher. Der Heinz hat mer des genau beschriem. Immer grad aus, dann kummer widder im Böhlgrund zurück." Der Ernst gibt sich selbstbewusst.

„Naja, so langsam könnt mer widder nach Zell kumm", mehnt die Traudl, „ich freu mi heut aber gscheit auf mei Häckerplatten."

„Bist sicher, dass mer uns net scho vorher mal links hättn halt müss?" Der Ernst will nix davo hör: „Frauen ham doch wirklich ken Orientierungssinn".

Bei der nächsten zwä Abzweigunga hält sich der Ernst noch tapfer, aber wie nach einer weiteren Stund immer noch nix vo Zell zu sehn war, is er halt doch überstimmt worn. Rechts war immer noch Abgrund, also is mer endlich links abgebogen. Da is dann bald a großer Wääch kumma und an den hat mer sich ghalten.

Des hat sich obber ganz schö hi gezogen. Vo dem ehna Apfel und dem ehna Fläschla Schorle ham sa scho lang nix mehr ghabt. Die Gerdi konnt scho nimmer. Die Schuh ham halt doch gscheit geriehm. Da sinn sie bei Einbruch der Dunkelheit endlich in Ünterschleichi rauskumma.

„Jetzt is mer alles wurscht, ich laaf ken Meter mehr. Dann kehrn mer halt da ei." Unterstützung hat die Gerdi vo der Traudl kriecht und mer hat sich schließlich drauf geeinigt und des großa Brauereihaus ahgsteuert.

Die Wirtschaft in Ünterschleichi hat obber ah scho mal bessera Zeitn gsänn ghabt. Jedenfalls warn die Lichter aus.

„Scheiße, was mach mer denn jetzt?" Da hat net mal der Ernst mehr an Rat gewisst.

Die Gerdi is durch ihra großa Blasen inspiriert auf die Idee mit dem Taxi kumma: „Da drauf kummts jetzt ah nemmer an."

Der Taxifahrer vo Haßfurt war dummerweis grad damit beschäftigt, a bor verirrta Wanderer aus die Haßberch eizusammeln. So isser erscht nach ahner Stund nach Schleichi kumma und hat die vier dort endlich aufgeläsen. Die Gerdi hammsa aufweck und beim Laufen stütz müss. So sin sa für 40€ schließlich nach Zell gfahrn worn und völlig aufgelöst in ihrer Heckenwirtschaft eigetroffen.

„Wo kommt denn ihr so spät her?" Der Wirtin Elke ihr netts Gsicht konnt die Tatsach net verdräng, dass die Buden aus alla Näht geplatzt is und die nächsten einerhalb Stund gor ke Aussicht auf an Platz war. Selbst des sogenannte Strafbänkla war überfüllt.

„Moo, jetzt reichts mehr, ich will bloß noch hemm."

Es war des erschta mal, dass der Ernst aufm Heimwäch selber gfahrn is. Dehem, wie sie endlich aus die Schuh rauskumma sin, ham sie sich grad nuch ins Bett schlepp könn. So gut ham sie scho lang nimmer gschlafen wie in dera Nacht.

Und abgenumma ham sie ah gleich dabei, fast zwä Kilo. Zumindest bis zum Samstag drauf. Da warn sie nämlich scho a viertel Stund bevor die Elke aufgemacht hat vor der Tür gstanna und ham Einlass begehrt.

16. Zoologieunterricht

„Papa, was hat den der Elefant da zwischen die Bein?"

„Des? Des is sein Geschlechtsteil und das iss net grad klein."

„Komisch, die Mama war neulich mit ihrer Antwort zu der gleichen Fraach ganz fix

Die hat gemeent: Ach des, des is gor nix."

„Ja, die Mama, für die sich in der Tat so ein Ding gar net anzuschaun lohnt

Schließlich is die ganz was anners gewohnt!"

17. Waidmanns heil

„Und dassd mer fei net blos widder so ahn ausgehungerten Hasen mit hem bringst wie beim letzten Mal. Ah Wildschweinbraten wär mal net schlecht."

Du hast leicht reden, denkt sich der Franz, lässt sei Traudl steh, nimmt sei Gewehr, steicht nei sein Jeep und fährt vom Hof.

Die Traudl mecht sich gleich ans Werk, reißt Türen und Fenster auf und fängt an, des Haus zu lüften und zu putzen. Wie sa grad aus der Kammer den Staubsauger holt hört sa im Wohnzimmer a mords Gschrei, a Fauchen und Bellen, wie sie es nuch nie ghört hat im Haus. So als ob der Dackel um Hilfe ruf würd. So schnell is sie noch nie ins Wohnzimmer gerennt, net amal wenn ihr Moo gschrien hat.

Dort sieht sa dann die Bescherung: Scheints über die offene Terrassentür muss sich a Fuchs ins Haus gschlichen ham. Wäs der Teifel warum der den Hühnerstall mit dem Wohnzimmer verwechselt hat. Jetzt hat er sein Dreck, der arm Kerl. Am Jagddackel Django is er net vorbei kumma. Der hat sich auf na gstürzt und jetzt ham sa sich schwer in die Wolln, der Hund und der Fuchs, mitten im Wohnzimmer, mitten aufm Teppich.

Wie die Traudl des sicht, nimmt sa gleich beherzt und ohne zu überlegen ihren Besen und geht derzwischer. Draufhau kann sa net so richtig, weil sonst der Django ja in Gefahr gewässt wär. Irgendwie schaffts dann die Hausfrau zusammen mit dem Hund den Fuchs hinters Sofa zu jagen. Den Ausgang hat er in dem Durcheinander nimmer gfunden. Die Traudl packt schnell ihren Django, rennt ausm Zimmer und mecht die Tür zu.

Sie holt ihr Schwiegertochter zu Hilfe, die oben drüber wohnt. Gottseidank hat die ke Terrassentür. Aber des Fenster mecht sa gschwind zu, net dass da noch a Adler reich fliecht.

Zusammen sähn sa dann den Fuchs, wie der im Eck hinter der Glastür hocken bleibt.

Ihren Mann erreicht sa net, weil der natürlich aufm Hochsitz des Handy ausgschalten hat. Also hat sa des gemacht, was mer immer mecht wemmer nix mehr weiter wääs. Mer ruft die Polizei.

Die zwää Gendarmen ham sich dann erscht mal des Grinsen verkniffen. Vielleicht wars ja ah für die mal was ganz was Neues. Der eh hat die hilflosen Jägerfrauen nach bisle Überlegung um ahn Kartong und ahner Schaufel gfrecht. Wie er sei Ausrüstung kriecht hat, hat der ander Kollech die Tür aufgemacht und den Fuchs aus sicherer Entfernung mit Pfefferspray eingstäubt.

Entweder war der Fuchs vom Kampf mitm Django recht fertich odder er war nuch jung und hat überhaupt nimmer gewusst, was er mach soll. Jedenfalls is er ganz benebelt sitzen gebliehm und hat gewartet bis der Polizist mit der Schaufel ihm eins über den Kopf gezogen hat.

Erst wie der Polizist ihn auf die Schaufel laden und in den Karton nei steck wollt, isser widder zu sich komma und hat den Kopf leicht wackelich nach oben gereckt. Also nuchmal drauf ghaut. Weils halt im Zimmer war, hat der Polizist net so richtig aushol könn und war in seim Wirkungsgrad scho bisle eingeschränkt. So hat sich des ganze Prozedere nuch paar mal wiederholt. Drauf ghaut, auflad woll, Fuchs wieder aufgewacht, mitm Kopf gewackelt.

Schließlich war er dann doch im Karton gelandet.

Hinterm Haus hat der Polizist dann doch dem Leben vom Fuchs endgültig auf wenig rumreiche Art und Weis ein Ende gesetzt. Gut jedenfalls, dass die Kinner vo dem Polizist des niemals erfahren ham.

Die Traudl hat mittlerweil alle Türen und Fenster aufgerissen, weils im Haus jetzt wirklich fürchterlich gstunken hat. Ah Mischung aus Pfefferspray und Fuchsschweiß, net zum Aushalten wars.

Die Polizisten ham sich verabschied und gebeten, der Hausherr möchte bittschön den Fuchs fachmännisch entsorch.

Der hat des dann ah gemacht. Den Spott hat er aber aushalt müss. Er hat nämlich ah blos an toten Fuchs mit hem gebracht. Wie sei Jachtkollegen des erfahren ham, ham sa gemehnt, des hät er ah dahemm hab könn und er soll sich halt des nächste Mal in seim Wohnzimmer auf die Lauer leech. Da dabei könnt er dann wenigstens noch weng Fernseh guck.

18. Der Sport war umersüst

Seit der Franz gelesen hat, dass beim Ausdauersport Glückshormone, sogenannte Endorphine, frei gesetzt wern, is er nuch narrischer mit seim Sport.

Ja, die Endordingsbums, hamsa gsacht, steigern messbar des Glücksgefühl im Körper. Grad beim Joggen und beim Radfahren ströma die enorm auf die Sportler ei.

A Fahrrad hat er net, also rennt er. Und wie er rennt. Jeden Tag scho fast zwä Stund. Und wie er sich dann fühlt nachher. Ja Wahnsinn. Sitzt nach dem Duschen jedes Mal mit verklärten Blick dort, vor seim Weißbier und is überhaupt nimmer ansprechbar. Früher war er immer so gereizt. Nää, jetzt is der die Ruhe selbst. Nix kann na mehr aufreg. Und essen kann der seitdem. Der verdrischt glatt des Dreifache wie früher. Da kann a anderer bloß neidisch wär.

Am Samstag is er sogar nuch a halba Stund länger gejoggt bis er endlich ham kumma is. Sei Fraa war scho weng ungeduldich, weil er hat ja a noch den Rasen mäh, des Auto wasch und die Kartoffel leech soll.

Des laute Gebumber aus dem Zimmer vo seim Markus hat er kaum wahrgenumma. Früher hat er ihm deswegen oft die Ohren lang gezochen. Aber heut war da überhaupt ke Gefahr.

„Wo bleibst denn so lang? Ich ärbert mir da herin den Buckel krumm und der Herr geht aweng zum Joggen, geht halt aweng seiner Tolerie nach. Die Alt kann sich ja freckt schaff dahem."

Des Gebäber vo seiner Fraa versaut na doch bisle die Stimmung. A halba Stund hät er jetzt nuch für sich gebraucht. Bissle dehnen und Gymnastik halt. Des ghörert scho nuch dazu.

Der Markus kummt zur Tür rei, leecht seim Vatter an Brief hi, secht: „Da, unterschreib!" und verschwind wieder. Der Franz liest: Schulverweis, wegen ungebührlichem Verhaltens im Unterricht.

Wie er dann des Auto wäscht und widder ah neua Dalln im Kotflügel entdeckt, sin sei Glückshormone fast aufgebraucht und sei Adrenalinspiegel steicht scho verdächtig an.

Es wär vielleicht trotzdem alles gut ganga, wenn net in dem Moment des Polizeiauto vorgfahrn wär und ihm zwei freundliche Polizisten erklärt hätten, dass grad sei 13-jährige Stefanie beim

Schlecker Schminke für 24,99 € geklaut hat und a nuch dabei erwischt worden is.

Wie die Stefanie nach der drümmer Ohrfeichen schreiend zu ihrer Mutter gerennt is, war dann der Familienfriede endgültig bei Teifel.

Da hätst sei Fraa mal hör soll: „Ach, der Herr kümmert si um nix und jetzt will er alles nachhol. Und auf die Art und Weis. Is er wohl net lang genuch gerennt heut früh. Is er wohl net ausgeglichen genuch heut, dass er nix annersch wääs, wie auf des Kind eizuprügeln."

Der Franz mecht si sei Weißbier auf, setzt si hie und mecht a recht unglücklichs Gsicht:

„Du hast recht, ich denk ah, ich bin, gläb ich, net weit genuch fortgerennt."

19.   Fahrschule

Sie fährt hemmwärts, er secht, wenn sa schalten und blinken soll

Bis es ihr reicht: „Mensch, jetzt werds mir aber doch zu toll

Ich schmeiß di gleich naus, dann kannst du ham laaf

Ich kanns nimmer mit ahör, dei ständigs Gewaaf

Du hast doch widder genuch und ob du überhaupt noch wässt

Wie viel Schoppen du in dera Heckenwirtschaft neigeprässt?"

„Vielleicht zwää oder drei, jedenfalls wääs ich ganz genau

Dass du grad mit Fernlicht mitten durch Wonfurt fährst und du wässt des net, liebe Frau"

20. Es hät fei schlimmer kum könn

„Mei schöns Auto," jammert die Fraa und zeicht a schmerzverzerrts Gsicht.

Sie is ganz aufgelöst, als wär grad ihr ganze Welt zamgebrochen. Es is ah wirklich a Jammer, wie ihr neuer A 3 da steht. Die eh Seiten is völlig verreckt und des Vorderrad steht s so als wöllerts bei Gradausfahren rechts abbiech.

Des hat er sauber gemacht. Der Bursch. Vo der rechten Spur in ehn Zuuch über die Sperrflächen gewendt. Die Strass is ja blos vierspurig, da kammer des scho mal probier. A bisle Glück gehört halt dazu. Aber Glück hat er net ghabt. Sei alte Kisten schaut nuch schlechter aus wie vorher.

Der Fahrer steht ganz unschuldich da, so als ob er ke Wässerla trüb könnt. Red tut er net viel. Wie sich rausstellt, is er auch ke Mann für viele Worte. Nä, sei Qualitäten liechen ganz wo anners. Er is nämlich scho wäächer Diebstahl, Unfallflucht und Vergewaltigung vorbestraft.

Aber des wäs blos er und der Polizist, der sein Ausweis hat und na grad mal durchcheckt.

„Mei schöns Auto," jammert die Fraa wieder.

Der Polizist muss sich des Grinsen und des Reden verkneif. So denkt er sichs halt:

„Bist nuch gut weg komma Mädla. Es hät schlimmer kum könn. Die letzt hat er wahrscheinlich gerammt, is über sie hergfallen und dann mit ihrm Auto abghaut."

21. Dumm gelaufen

Da licht er, kaputt, der Kopf zwää Meter weg, die Rübennase gebrochen, der Besen entzwei, der Eimer zersplittert. Der schö Schneemann. Was ham die Bundeswehrler sich für a Müh gehm ghabt.

Nach Feierabend im Neuschnee rumgetollt, Schneebäll gschmissen, sich erscht mal ausgetobt. Dann schließlich gemeinsam Kugeln gerollt. Aufernanner getürmt. Besen und Mützen gsucht, mit Nasen und Knöpf verziehrt.

Die Ami vo nebenan ham aus ihrer Kasern mit befremden zugeguckt. Die Deutschen! Schaut hie, die spinnen halt echt. Aber ward ner, dena zeig mers.

Nachts, wie alle längst im Bett gelägen warn, ham sie ihren original Jeep genommen und den unschuldigen Schneemann einfach übern Haufen gfohren. Was war des für a Freud für die Schwarzen aus Washington D.C., wie sie den Weißen platt gemacht ham. Rassenhass mal anners rum.

Da ham die Bundeswehrler scho bisle blöd geguckt, am nächsten Morgen. Die ganz Müh ümersüst. Der arm Schneemann, ganz traurig, zerstört, in alle Einzelteile zerlecht, am Boden gelääng, eefach platt gemacht.

Der Unmut hat net lang anghalten. Jetzt erscht recht. Noch schneller als beim ersten Mal war a neuer Schneemann gebaut. Noch größer, noch höher, noch besser ausgerüst. Goldene Jackenknöpf, anstelle des Besens an Spazierstock, anstelle des Plastikeimers an richtigen Zylinder.

Der Obergefreite Franz is als Wache ausgelost worn. Die MP über der Schulter tapfer um den Schneeriesen rum marschiert. Nach zwää Stund is scho bisle eintönig gewässt. Kalt wars dazu a noch. Die Händ tief in die Hosentaschen, die Fellmützen weit ins Gsicht nei gschoben. Drei, vier, fünf Stund sin so vergangen. Froh war er, wenn ihm mal im unteren Rückenbereich bisle warme Luft entfloicht is. So is ihm unterm langen Mantel wenigsten am

Buckel bisle Wärm hochgekrochen. Sonst is aber nix passiert. A bei die Amis waren längst alle Lichter aus.

Gecher fünfa hat er sich dann ins Wachhäusla nei verzochen. Ach war des schö mollich und weich. So hat er sich aufm

Hochlehnstuhl gsetzt und nach kurzer Zeit sin ihm die Augen zugfallen. Net lang. Vielleicht blos 10 Minuten. Aber des hat gereicht.

Des hät mer dena Ami doch wirklich net zugetraut. Da holen die sich auf der ganzen Welt blos kräftige Prügel ab, aber nee, grad in Franken, grad da wo es kenner gedacht hät, da zeing se, was sie wirklich drauf ham.

Der arm Schneemensch. Wieder in alle Einzelteile zerlecht. Der Zylinder platt wie a Flunder, den Spazierstock sich selber ins Herz gerammt. A trauriger Anblick. Obwohl die Soldaten wirklich harte Männer waren, ich glääb, a bor ham geweint.

Aber blos kurz. Dann is die Stunde vom Oberfeldwebel kommen. Wie es dunkel war is die ganze Kompanie ausgschwärmt. Schneekugeln gerollt, immer weiter, immer größer. Zu viert hamsa die Kugeln aufernanner ghoben. Verziert ham sie na desmal mit persönlichen Ausrüstungsgegenständ. Der Feldwebel hat sogar sei Mützen spendiert.
So war er gstanden wie a Eins. Größer, breiter, fester. Vor allen Dingen fester. Weil, was kenner sonst gsänn hat, die Sauhund ham den Schneemensch desmal um an Hydranten rum gebaut.

Muss ichs noch beschreib?

Wie der Jeep sich um den Hydranten rumgewickelt hat? Wie sin da die NATO-Elite-Truppen gepurzelt. Wie war da die ganze Besatzung zerbeult um die bestimmt 5 m hohe Wasserfontaine gelächen. Was hats da für blutige Nasen und blaue Flecken gähm.

Ich wääs es net genau. Aber ich gläb, des hat damals außer dem Schneemann auch am Verteidigungsminister den Kopf gekost.

22. Aufmerksamkeit

Rotes kniefreis Klääd, schulterfrei, knallrote Schuh mit ewig lange Absätz. So bewecht sie sich langsam, bisle unsicher noch, aufm Gehsteich vom Marktplatz in Richtung Obern Turm.

Aber net mal die Leut, die beim Jünglingshans in der Kält ihren Kaffee schlürfen, drehen sich nach ra um. Lichts da dran, dass ah die größten Absätz ihre bisle zu strammen Bee net genuch in die Läng streck könna und ihr Klääd vo dena auf jeden Fall zu kräftigen Oberarm viel zu viel frei gibt. Vom Hintern woll mer jetzt gar nix erzähl. Net dass die Frau Alice Schwarzer noch über uns herfällt und uns als sexistisch beschimpft.

Vielleicht liechts ja ah am Gang, durch die hohen Absätz nach vorn gebeugt, Knie angewinkelt, leicht unbeholfen stapfend. Jetzt wääs mer erscht, warum der Bruce vom Fernseh die Mädli immer so hart hernimmt, bevor die aufm Laufsteech dürfen.

Aber was will mer mach. In Hassfurt gibt's halt ken Bruce. So stapft sie jeden Tag die Hauptstrass nauf und nunter. Zwämal am Tag, nauf und nunter, früh und abends halt, vor und nach der Ärbert.

Bis zum Freitag. Auf der Treppen hört sie da a klens Geräusch, ganz leis und zaghaft, fast net zu hören, quietschen net unähnlich. Sie dreht sich noch um, guckt aufm Boden, ob sie auf was drauf getreten is. Näh, da is nix. Vielleicht wars ja der frisch poliert Fußboden.

Aber ah auf der Strass is des Geräusch noch da: quietsch, quietsch. Sie guckt unterm Schuh, ob da vielleicht was kleben gebliehm is. Näh, ah net.

Auf Höhe der Eisdiele is es scho kräftich zu hören und sie wird des Gefühl net los, dass sie vo alla Leut angstarrt wird. Was hät sa am Montag für so viel Aufmerksamkeit gähm.

Quietsch, quietsch. Beim Jünglingshans verstummt desmal jedes Gspräch. Alle Köpf gehen ihr nach. Die Kaffeetassen verharren auf halben Weg.

Jetzt versucht sie mit dem ehna Fuß nimmer so schwer aufzutreten, aber es hilft nix. Quietsch, quietsch. Blos humpelt sie jetzt ah nuch. Die Gsichter vo die Leut wärn immer mitleidsvoller. Mit letzter Kraft kummt sa zu ihrem Polo am Tränkberg, an roten Polo natürlich. Steicht mit hochroten Kopf ei.

Am Montag drauf hat sa Birkenstock an. Beim Fachgschäft
Benkert gekäfft. Net beim Disounter in der untern Hauptstrass.
Sogar mit mündlich zugsicherter lebenslanger
Antiquietschgarantie.

23. Silberhochzeit

„Schatzi, Liebling, Mausi", der Bräutigam beherrscht des wundervoll

Die Silberhochzeitsgäst wunnern sich scho, is der net toll?

Sei Kumpel ihn später zur Seiten nimmt

„Sag mal, bist du heut aber auf verliebt getrimmt."

Ach hör mir auf, ich bin gor net so auf sie versessen

Ich hab bloß, ehrlich gsacht, vor zwä Johr ihrn richtichen Namen vergessen

24. Harmlos fängts an

Als vorm Josef, obwohls Sonntag war, a Lkw auftaucht, guckt er kurz nein Rückspiegel, wie mer des halt so mecht, setzt sein Blinker und wechselt auf die linke Spur. Schlechts Gewissen hat er kens, weil der BMW der auf der linken Spur vo hinten daher gebrescht kumma is, nuch ewig weit weg war zu dem Zeitpunkt. Hat er jedenfalls gedacht, der Josef.

Dass der Wolfi da grad mal die 250 PS so richtig ausgereizt und mit über 2oo Sachen daher gschossen kommt, konnt er ja net wiss.

„Scheiße, so ein blöder Hund."

Da geht der BMW beim Bremsen scho gscheit in die Knie. Freilich klappt des erscht so 5 m hinterm Golf vom Josef:

„Was will den jetzt der Depp da hinten?"

Der link Blinker und die Lichthupen im Rückspiegel nerven scho.

„Wart ner, des kann ich ah," sechts und geht vom Gas weg, dass er kaum mehr schneller wie der Lkw is. Der hinten dra fuchtelt scho ganz wild mit die Händ.

Der Josef is ja sonst net so, für sei klens Beamtengehalt is er wirklich immer loyal, widerspricht seim Chef net, verkriecht sich hinter Aktenberch und gibt nie Anlass zu Beschwerden. Dahem is er genauso, also ohne Aktenberch zwar, aber anständich halt und gibt nie Widerred. Aber im Auto auf dem kurzen Heimwääch? Nee, jetzt reichts aber wirklich.

So geht's zwää Kilometer dahi. Der Josef bleibt nach außen cool, tut so als ob nix wär, überholt dann doch irgendwenn und wechselt langsam nach rechts. Wie er dann überholt wird, zeicht er dem BMW, oder vielmehr dem Wolfi, ganz lässig den Stinkefinger. Des hät mer ihm nie zugetraut.

Des is dann endgültig zuviel für unnern Gschäftsmann auf der linken Spur. Der überholt, fährt rechts rü und sabt auf die Brems, dass dem Josef, ders grad nuch schafft net hinten drauf zu brumma, fast sei Hut vom Kopf fliecht. Des Handzeichen (mit Daumen und Zeigefinger an Kreis zeichend) hät der Wolfi gar nimmer mach müss. Der Josef hat hinten a so scho an Topsuchtsanfall kriecht.

Dem BMW hat er aber leider net folch könn und hat grad im letzten Moment gsenn, wie der an der Ausfahrt Knetzgau raus und Richtung Hassfurt gfahren is. So hat er sein Golf nuch nie nein Arsch geträten, dass er den BMW net aus die Augen verliert.

Tatsächlich is er an der EZO-Kreuzung bei rot hinterm Wolfi zum Stehen kumma, ausgstiegen und hat gecher die Scheim getrommelt. Aufmach hat er ja die Tür net könn, weil der Wolfi grad nuch verriegelt hat. Zum Glück hat die Ampel auf grün gschalten und der BMW is unbeschädigt davo gfahren. Der Josef hat aber net aufgähm und is hinten dran gebliehm. Abgebogen, Richtung Krankenhaus, rechts ins Wohngebiet, wieder naus, im Kreis gfahren, den Josef immer im Schlepptau ghabt. Weil der Wolfi sein Wohnort net verrat hat woll, hat er sich schließlich net annersch mehr zu helfen gewisst, als bei der Polizei vorzufahren.

Zusamma sin sie ausgstiegen und ohne sich eines Blickes oder Wortes mehr zu würdigen in die Polizei nei ganga. Beiden war dabei gar net wohl zu mut. Sie waren nämlich alle zwää ke profesionelle Polizeigänger und -anrufer. Nuch nie was angstellt im Lehm, nuch nie was mit der Obrigkeit zu tun ghabt sin sie mit schweißnasse Händ vor dem Polizisten gstanden.

Mer muss jetzt dazu sag, dass die Gschicht, wenn sie wirklich jemals so passiert sei söll, noch zu ahner Zeit war, als die Welt noch in Ordnung und der Sonntag noch heilig war. Zu ahner Zeit wo die Leut noch anständich waren, net früh um neuna noch besuffen auf der Strass rumgelächen waren. Net gleich bei der Polizei angerufen ham, weil der Nachber mal a Loch in die Wänd gebohrt hat. Zu ahner Zeit als der Sonntag ah bei den Beamten noch heilig war, zu ahner Zeit, wo Polizisten noch Menschen warn und net den Opa aufm Wääch zur Kirch abkassiert ham, weil er vielleicht net angschnallt war, oder net den Pfarrer aufgschriem ham, weil er halt wieder mal in letzter Minuten aufm Gehsteig geparkt hat.

So wars also ke Wunner, dass der Polizist scho bisle angfressen war, weil er so kurz nachm Weißwurschtfrühstück sei Schellnsolo net zu end hat spiel könn.

„Scheiße, ausgerechnet jetzt, ich glaab, die spinna." Vorne waren die zwää Streithähn mittlerweile wie arme Sünder aufm Strafbänkla ghockt.

Also hat er sich die Sach anhör müss. Einzeln natürlich, jeden mal ausred lass. Ohje, hat er gedacht. Wenn ich des alles aufnämm schreib ich mir ja die Finger blutich. Und für was? Blos dass der Richter widder alles eistellt. Aussage gecher Aussage heißt des. Raus kummt da gor nix. Blos mei Schellnsolo kann i dann vergess.

Also setzt er die zwää Autofahrer sich gegenüber. Eigentlich sins ja ganz normale Kerl, sicher anständich, ham wahrscheinlich Fraa und Kinner dahemm.

„Also, die Sach is die: Sie ham natürlich beide sich net richtich verhalten, es hat halt ens des annera gähm. Sie (er hat den Wolfi angschaut) kriegen eine Anzeich wächer Nötigung, Beleidigung und Straßenverkehrsgefährdung und bei Ihnen (zum Josef gewend) bleibt eine Nötigung und eine Beleidigung hänga. Da kanns natürlich passier, dass sogar der Führerschein mal a zeitlang weg is."

Die zwää Verkehrsrowdys gucken aufm Boden. Des wollten sie wirklich net.

„Aber nachdem ihr alla zwää Fehler gemacht und vielleicht scho bisle gemerkt habt, dass des net richtig war, könnt ich euch vorschlag, dass ihr jetzt hemm geht und wir auf die Anzeich verzichten. Gottseidank is ja a nix passiert dabei."

Die Gsichter hät ihr seh soll. Wie ham sie sich gfreut, dass da a Mensch vor ihnen gstanden is und net blos a Uniform. Wie erleichtert sin alle zwä hem zu Fraa und Kinner und waren a weiterhin unbescholtene Leut.

So ham se schließlich alla gewonna an dem Tag, die Ehna an Erfahrung und der Anner sei Schellnsolo

25. Überraschung

„Hallo, Engel is mein Name. Ich möchte fragen, ob ich heut mit am ungebremsten Anhänger zur TÜV-Untersuchung kommen kann."

„Jo, kurzen Moment moi, i schaug in Computer eini. Jo, um hoibe Dreie oder um Viere war no wos frei."

„Ja, dan komm ich gern um halb drei. Des passt perfekt."

„Guat, dann um hoibe dreie, ungebremster Ohänger, TÜV Hassfurt."

„Ach, TÜV Hassfurt, des freut mich aber jetzt doch. Ihrer Sprache nach hät ich nämlich gedacht, dass ich weiß Gott wo hin fahr müsst."

„Ja, des kommt daher, dass ih in Rengsburg sitz, in der Telefonzentrale des TÜV-Bayern."

„Es bleibt einem doch nix erspart. Trotzdem vielen Dank, auf Wiederhören."

Eine Stunde später:

„Die linke Nebelschlussleuchte geht net, dafür aber die rechte. Die linke muss geh, die rechte net unbedingt. Ich geb ihnen an Schraubenzieher. Dann könnens die Birnli tausch."

„Des gibt's doch net, jedesmal is irgendwas. Desmal hab ich fei extra die Kennzeichenbeleuchtung überprüft. Die is nämlich süst immer freckt. Aber a die scheiß Nebellichter hab ich net gedacht."

Zwei Minuten später:

„Des war blos a Wackelkontakt. Jetzt gehen wieder alle zwää. Aber wissens, ich brauch die eh net, weil ich den Anhänger kaum benutz, und bei Nebel scho glei gor net."

„Ja, aber sie könnten ja mal überrascht wern, vom Nebel."

„Also des einzige was mich immer wieder überrascht, is der TÜV selber, süst kenner."

26. An den Falschen geraten

Polizeihauptmeister Teufel hat wieder mal a Auto kontrolliert

Sitzt ahner im schwarzen Anzug drin und grinst ungeniert

„Herr Wachtmeister, ich hab fei gor nix dabei, obber Sie wärn mir doch jetzt net dafür

verlanga a Geld.

Weil ich bin doch anständig, bin schließlich der Pfarrer vo Sennfeld."

„Des is doch mir wurscht, bei mir senn sa alla gleich, die Banausen

Des kost zehn Mark, ich bin nämlich der Teufel vo Üchtelhausen!"

27. Wo ghört er denn hie?

Aufm Radwäch passt er eigentlich net so richtig hie.

Zwischer Fußgänger, Kinder, Hünd, Inliner und sonstigen Freigängern. Näh, wenn er flott, aus Gewichtsgründen ohne Klingel (a Ferrari hat schließlich ah ke Anhängerkupplung) dahi brescht, kann er scho weng nerv. Und wenn die älteren Mädli nebeneinander laufen, ihn wahrnemma, die link nach rechts springt, die recht nei die Mittn geht und die Mittlere links dentiert, wird er scho mal kräftich ausgebremst.

Dabei is der klassische Rennradfahrer a anständicher Kerl. Hat weiße Socken an, an Helm auf und bleibt im Gegensatz zu dena ausgflippten Moutainbiker sogar mal an ahner roten Ampel steh.

Aber als Sportler wird er halt net so richtich akzeptiert. Schließlich will mer ja sei Ruh aufm Radwäch.

Die tauchen sowieso net für ihn, weil sie meist so verdreckt sinn und überall Scherm und Splitter rum liechen, dass er ständich sei platte Reifen flick muss. Bergab, wenn er dann scho mal auf 60 bis 80 Stundenkilometer kummt, hat er aufm Radwäch eh nix mehr verloren.

Geht er dann mal vom Radwäch runter auf die Strass, geht der Ärcher erst richtich los.

Wenn die Autofahrer vo der Ärbert ham fahren. Vom Stress mit dem Chef zum Stress mit der Fraa unterwegs sinn, dann kummt so ah blöder Radfahrer grad recht. Da kammer mal endlich sein Frust abbau und sogar erzieherisch tätich wer. Schließlich fährt mer als Deutscher ja Auto um Recht zu ham und sein Oberlehrer rauhängen zu lassen. Also dauerhupen, den Radfahrer schneid oder gleich vo der Strass dräng.

Vielleicht beim Überholen mal kurz übersäh, wenn er entgegen kummt. Da is er dann ganz schnell weg vo der Strass und im Himmel.

Vielleicht passt er ja da hie.

28. Letzte Rettung

Mountainbiker sin ja für gewöhnlich scho ganz harte Hund

Fahren bei Wind und Wetter im Wald rum und bleim immer gesund

In seltenen Fällen gehm sie auf, brauchen Hilfe oder kumma hem geloffen

Unsern Biker hats wohl mal so betroffen

Vo ehn Magen- und Darmvirus unvorbereitet und plötzlich durchernanner gemischt

War er vor der Fraach gstanden, mit was er sich in Kürze den Hintern abwischt

Mit Magenkrämpf überleecht er und fährt den Böhlgrund nauf

Kummen vier Wanderer daher und für unsern Biker geht die Sonne wieder auf

„Entschuldigung, hätten Sie zufällich ein einzelnes Tempo für mich?"

Sagts und schaut dabei wohl ziemlich jämmerlich

Vielleicht wars da dran gelähng, vielleicht ah, weil sie halt a mütterlichen Typ wor

Jedenfalls drückt sie ihm ah volles Päckla in die Händ und secht: „Ach, Nämma Sies doch gleich ganzägor"

29. Im Supermarkt

„Nein, das kaufen wir nicht, das ist ungesund. Es macht die Zähne kaputt."

Es muss scheints a Lehrerin sei. So vorbildlich könna bloß die mit ihrer Kinner umgeh. Vielleicht is es ja a Sozialpädagogin, irgend was Studierts auf jeden Fall, so wie die red. Des Kind hat sich grad ausm Regal noch was Süßes gegrapscht und zielsicher hinter sich in Wagen nei gschmissen. Die Mutter nimmts wieder raus und legts zurück. Es is eh a Sauerei, dass die Kinner vo ihrem Sitz im Einkaufswagen da überhaupt hie lang könna.

Der Klee find die Idee mit dem Zurücklegen anscheinend net so gut und dass des die Zähn kaputt mach söll hat er im Fernsehn ah noch net ghört. Jedenfalls fängt er zu schenden an.

Die annern Leut gucken scho weng. Jetzt wölln sa doch mal seh, wie des so ah ausgebildete Pädagogin richtig löst.

„Nein, das is nicht gut. Du bekommst dann ein Joghurt. N e i n !"

Die Mutter muss scho bissle lauter red, dass mer sie noch versteht. Der Bankert büllt mittlerweil kräftig. Sei klenner Körper verbiecht sich gewaltich und er versucht mit die ausgstreckten Arm doch noch an des Regal hie zu kumma.

Die Mutter schiebt den Wagen bissle weiter weg. Jetzt hat er verloren, denken die Leut.

Aber „er" denkt des net. Er schreit wie am Spieß, dass er fast kei Luft mehr kriecht. Sei Kopf verfärbt sich feuerrot und der eh Moo fühlt scho nach seim Handy, falls der Notarzt gebraucht wird.

„N e i n !"

Die Mutter red als weiter auf na ei. Erzählt vo gutem Gemüs und Obst und dann fängt sa ah nuch vo Vollwertkost an. Die Fraa red aber schö mit dem Zwerch, denkt der ältere Herr, der sich grad erscht gottseidank neua Batterie in sein Hörgerät hat nei bau lass.

Der Fratz versucht jetzt mit alla Mittel aus seim Sitz aufzustehn und will nach hinten in den Wagen kletter. Kurz bevor er des schafft packt na sei Mutter und will na wider nei setz. Durch den Halt den er jetzt oben kriecht kann er unten sei Füß aber endgültig aus dem Sitz zieh und fängt wild zu strampeln an. Mittlerweil schreit er wie ah Mordbrenner und die eh Fraa überleecht scho, wo sie die Telefonnummer vom Jugendamt hat.

Die Mutter hat scho bor Tritt abbekomma, als sie des doch irgendwie schafft, die zwä Füß wieder durch die klenna Löcher vom Gitter im Einkaufwagens zu stecken. Da dabei fliecht aber der eh Schuh davo. Während die Fraa damit beschäftigt is den Schuh dem zappelnden Fuß anzustecken und ah nuch die Schnürsenkel zu binden versucht, vernachlässicht sa die Deckung, wie sich des blos ausgebildete Sozialpädagogen erlaub könna und kriecht von dem Fregger derartig eine mit dem rechten Ausleger geknallt, dass ihra Brilln davo fliecht und unter dem Kühlregal verschwind.

Da zeicht sich dann die ganze Klasse vo so ehner Sozialpädagogin, oder wie auch immer. Jedenfalls, mahna Sie vielleicht, die tät mal die Beherrschung verlier. Näh, die net. Guckt sich um, sieht, dass die annern Leut alla völlig teilnahmslos mit ihrer Einkaufswägen beschäftigt sin, nimmt den Schokoriegel ausm Regal und lässt na schnell in ihrem Wagen verschwind.

Der Mordbrenner hört sofort des Schreien auf. Er guckt aweng ungläubig. War des scho alles? So schnell gibt die auf?

Solang die Mutter dann unterm Kühlregal rum kriecht, nimmt er sich schnell nuch zwei Mars und ah Tafel Schokolad und schmeißt des hinter sich in Korb.

Am Kühlregal legt er dann Wert auf zwei Packungen Kinderschokolade und setzt sich nach kurzer Diskussion mit seiner Mutter auch an der Eistruhe durch. Beim Gemüse gibt's Bananen anstatt Paprika, aus dem Tiefkühlfach Pommes und Chicken Mc Nuggets anstatt Fisch und Gemüse und beim Brot schließlich ein Schokohörnchen anstatt des depperten Vollkornbrotes.

„Ach Gott, was mach ich denn jetzt?" An der Kasse gibt's dann a Schrecksekunde. Die Mutter hat net genuch Geld dabei.
Totenstille im Laden.

„Naja, dann legens halt was zurück." meint die nette Kassiererin.

Die Mutter zieht wohl kurz in Erwägung, die drei Packungen Käsechips zurückzulassen. Der Mund vo ihrm Bankert verzieht sich, die Hände beginna scho wieder zu zucken.

Schnell hat die Mutter den Kasten Bier und die teuer italienische Salami zurück gstellt.

Der Papa is halt doch einfacher zufrieden zu stellen als so ah klenner Hosenscheißer. Zum Abendessen gibt's Schokolad anstatt Salami und Milch-Shakes anstatt Pils. Mit dem Vatter kammer des scho mal mach.

30. Der Eh und der Anner

Der Eh war vorsichtich, is nie ohne Regenschirm ausm Haus

Der Anner hat ken besessen, für ihn hat immer die Sonn gelacht

Der Eh hat den Schlüssel in der Haustür immer zwämal rumgedreht, hat beim Radeln zum Bäcker an Helm aufgesetzt und hat zwää Unfallversicherungen ghabt.

Der Anner is ohne Licht geradelt und hat nie den Radwääch benutzt, bei kanner roten Ampel hat er anghalten und über die wu ihn ins Gewissen gered ham hat er bloß gelacht

Der Eh hat nie geraucht, ken Alkohol getrunken und die Frauen bloß vo Bilder gekennt, hat ke fetts Zeuch gässen, Süßes net angerührt und ständig sei Blut kontrollier lass.

Der Anner hat an guten Schoppen gschätzt, is gerne mit Damen verkehrt, Schweinfurter Schlachtschlüssel war sei Leibgericht und zum Arzt is er blos wenns sie na hie getragen ham.

Der Eh is nie in an Flieger eingstiegen und größere Strecken hat er bloß mit der Bahn zurückgeleecht.

Der Anner hat an Sportwagen ghabt, hat jeda Kurven mit 120 genomma, den Sicherheitsgurt net gekennt.

Der Eh is bei der erschten dunklen Wolken nimmer ausm Haus, bei Gewitter hat er gleich alla Rollo runtergelassen.

Der Anner is im größten Sturm draußen rumgerennt, bei Blitz und Donner mitm Fahrrad am Mee entlang gfahren und hat si scheints für unverwundbar ghalten.

So is ganga bis zu dem Dooch, wu der Eh beim Aussteigen vom Taxi sein Regenmantel in die Tür nei gezwickt hat. Bis des der Taxifahrer gemerkt hat, war er scho recht ramponiert auf der Straß gelegen. Im Sanitätsauto hamsa ganz schö lang gebraucht, bis sie na fortfahr konnten. Mit Dadüdada is es dann Richtung Krankenhaus ganga. Bis zu der Kreuzung, wu sa rot ghabt ham. Da hats an drümmer Schlach getan. A anners Auto is in den Sanka neigerast und hat na auf die Seiten gschmissen. Da is dem Ehna sei spärlichs Lebenslichtla dann endgültig ausganga und kenner hats mehr verhinder könn.

Der Anner hat nuch ewich so weitergemacht. Scheints hat der da ohm so an Bruder Leichtfuß net gebrauch könn.

31. Echt oder net echt

„Elfriede, die Bluma sehn aus, als wie wenns Echte sinn!"

„Des sinnse ja auch, schau nur genau hin."

„Elfriede, dein Gschmack in alle Ehren

Die sehen ja aus, als wie wenns Künstlicha wären!"

32. Allee is a nix

Wenn simmer denn endlich da?, hört mer desmal net. Der Diesel läuft ruhig und sicher unaufhörlich gen Süden. Ganz still is es im Auto. Kenner nervt, kenner muss aufs Kloh, kem wird schlecht in der nächst Kurven. Die Kinder sind groß und dahemm geblieben.

So fahren sie ruhig dahie. Genießen die schö Gegend. Fahren über Land, des kammer ja mach, wenn kenner nervt im Auto. Drei Stund länger hat zwar des Navi gsacht, dafür ohne Maut und ohne Pickerli. So fängt der Urlaub halt scho im Auto an.

Eine Ruh is des, ganz ungewohnt. Schlaf könna sie mit ihrem Wohnmobil überall. Des is halt a Leben.

Irgendwenn kumma sie dann doch mal an, am nächsten Tag. Alles is wie immer. Campingplatz angsteuert, Stellplatz in Waschhäuslesnähe ausgesucht. Abends noch bisle spazieren, gut Essen ganga, den Sternenhimmel und des mittlerweile schwarze Meer angschaut. Hem ganga, eingschlafen.

Am nächsten Tag in Ruh gefrühstückt, ganz ohne Generv. Dann bisle eigekäfft. Gottseidank gibt's ah in Kroatien an Lidl mit der gleichen Salami wie dahemm. Dann bisle im Meer gschwumma. Des is ja scho schö, in dem sauberen Wasser. Aber am Strand hie leech tut mer sich net. Braucht mer ja net. Sinn ja ke Kinner dabei, die immerzu ins Wasser wollen.

Also widder ins beste Wohnmobil aufm ganzen Platz, gute Salami gessen und a glenz Nickerla gemacht. Des ghört im Urlaub scho dazu.

Nachmittag nochmal ins Meer, dann geduscht, sich fein gemacht und widder in die Stadt geloffen, gut essen ganga, Sternenhimmel und schwarze Meer angeguckt.

Am nächsten Tag hat mer dann scho bisle was unternemm woll. Er is aufs Fahrrad gstiegen und hat die Umgebung erkundet. Berg nauf gefahren. Ordentlich heiß wars. Gschwitzt hat er gscheit. Die Sonn is einfach erbarmungsloser in Kroatien als im Steigerwald. Irgendwie is des annersch wie dahemm. Liegts an der Meeresluft? Nach eener Stund ham sich sei Oberarm scho bisle verbrennt angfühlt. Aber die Aussicht war dann schö. Weil kenner dabei war, mit dem er des hät genieß könn, hat er schnell mitm Handy paar Bilder gemacht.

Dann auf der Rückfahrt hats auf eeh mal an Schlaach getan und ganz schnell war die Luft draußen, also vo seim Reifen jedenfalls. Des Loch in der Strass war halt doch an halben Meter zu tief.

Dumm geguckt, ke Hilf gewisst. Der Fußmarsch war hart. Kurz bevors dunkel worn is, is er zum Campingplatz nei gschlappt.

Sei Fraa war sauer. Die Bildzeitung war da schon dreimal gelesen.

Am nächsten Tag sinn sa weitergfahren. War ja alles angschaut, alles gemacht, alles gsacht.

Also Wohnmobil gepackt. Nächster Campingplatz. Er is früh gejoggt. Verloffen, in die Dörner komma, blutig und halber verdurscht hemkumma.

Sie, Bildzeitung gelesen.

10 Minuten im Meer gschwumma, Salami gessen, eingschlafen, schick gemacht, essen ganga, Sternenhimmel und schwarzes Meer angschaut. Sich angschwiegen dabei.

Entnervt und gelangweilt hemm gfahren. Kenner hat gsacht, wenn simmer denn dahemm, kenner hat genervt, kenner aufs Kloh gemüsst und kenner in der nächsten Kurven ins Auto gekotzt.

Nächstes Jahr is es dann widder anders worn, ganz anders. A Scheesen ham sa zu zweit gschoben, einträchtig dahinter her geloffen. Am Strand ham sa sich dann sogar widder mal unterm Sonnenschirm in Sand gesetzt. Burgen gebaut. Abends den Grill wieder mal angschürt. Wie früher wars. Zeitich ins Bett ganga.

Des Meer nur noch blau gsenn, wie es halt am schönsten is.

33. Bubertät

Früher hammer unsere Eltern mit lange Haar und aufgedrehte Stereoanlagen zur Verzweiflung gebracht

Heut wird des mit Nägel im Gsicht und Hosen wu der Arsch in die Knie hängt gemacht

Eemal hat sich der Vatter halt doch net behersch könn und deutlich gezeicht

dass er der Chef is und dass es ihm jetzt endgültich reicht

Die Hosen am Bund gepackt und nauf gerissen

„Du sixt ja aus, als hättsda nei gschissen"

Wie der Buu frei kumma war, is er davo gerennt

Die Mutter hat zwää Nächt durchgheult, weil der Buu beim Kumpel gepennt

Die Hosen is unten hänga geblieben, egal was die Alten gepredicht

Erscht wie er sei Mädla gfunna hat, hat sich des Thema erledicht

Die, wenn nuch net geheiert, machen des ja net auf die brutal Art und Weis

Nää, die machen des mit schöna Augli, ganz sanft und ganz leis.

34. Pressetermin

„Aber des Bild soll fei scho auf die zweit Seiten, und zu klee solls ah net sei."

Der Bürgermester richt sich noch mal sei neua Krawatten zurecht. Endlich wieder mal in die Zeitung. Es hat ah wirklich zu lang gedauert. Aus seiner Gemee is einfach kenner mehr alt genuch worn.

Der Knetzgauer und ah der Wonfurter sin in letzter Zeit ständig abgebild gewässt. Aber heut wird's ah schöns Bild wern. Auf hunnert Johr hats die Oma gebracht. Des gibt was her. Da guckt bestimmt jeder zwämal hie. Hoffentlich! Schließlich sinn ja bald wieder Bürgermesterwahlen.

„Kömmers net in Farbe bring?"

„Nä, Herr Bürgermeister, des wird zu teuer, und wenn die Leut mal bisla älter sinn, is des mit der Farb gor nimmer so gut."

„Der Oma geht's heut leider net so gut. Der Stress war halt die letzten bor Dooch a weng zu viel." Die Schwiechertochter mecht a besorgts Gsicht. Schließlich pflegt sie die alt Fraa seit 15 Jahr und die is ihr mittlerweil scho recht ans Herz gewachsen.

„Woll mer sie net lieber im Bett liech lass?"

„Ach, des wird scho gehen, es is ja gleich vorbei. Blos a schnells Bild. Des is doch heut ihr Ehrentag." Der Bürgermeister lässt sich net vo seim Ziel abbring.

„Ja, aber anziehen müsst ich sie doch auch bissle schöner."

„Naja, für des ehna Bild. Hänga Sie ihr halt was über die Schultern, obber sitz müsset sa scho dabei. Des sieht einfach besser aus in der Zeitung." Der Bürgermeister übt noch mal schnell sei Pressegsicht im Spiegel.

Dann klingelts an der Tür. „Moment", die Schwiechertochter rennt naus und kummt kurz drauf mit dem stellvertretenden Landrat widder.

„Wos will denn der jetzt ah noch da?", denkt sich der Bürgermester. Kenner hats bemerkt, dass sich sei Gsicht für an Sekundenbruchteil bisla verdunkelt hat.

„Die verstehn sich obber gut", denkt die Schwiechertochter, weil der Bürgermester nuch freundlicher wird.

„Woln wir die Enkel und nächsten Verwandten mit aufs Bild nämm?"

„Ach so ein Haufen Leut. Des wird vielleicht dann doch zu viel Trubel für die gute Fraa. Es beste wird sei, mir bringa des so schnell wie möglich über die Bühna." Der Bürgermester zeicht sich teilnehmend. Bissle pressierts ihm scho. Schließlich will er ja um halber elfa widder zum Schlachtschüsselessen bei der Feuerwehr sei. So ah richtich guts Kesselflääsch is scho ah feina Sach.

Dann sieht mer mal, was Politiker bewirken könna, wenn sie zam ärberten. Vom stellvertrenden

Landrat links und vom Bürgermester rechts gepackt wird die Oma im Bett aufgericht. Die Tochter kann ra grad noch ihr Sonntagsblüsla umhäng bevors los geht.

„So, jetzt die Blumen überreichen, und dann mal her zu mir ins Licht schauen."

Jetzt zeicht sich, was so an echten Politiker ausmecht. Scheinbar zu der Oma gewand, die Bluma in die Händ gedrückt, dabei aber sympathisch lächelnd, die weißen Zahnreihen leicht entblößt , gucken alle zwää weltmännisch und freundlich zugleich, wie tausendmal geübt, in die Kamera. Der Blick gefriert für kurze Zeit, bis endlich der Blitz kommt.

Den hat die Oma aber nimmer wahrgenommen. Sie war bereits von einem andern hellen Licht abberufen worn, war ihm gerne gefolcht und hatte sich still und leise aus dem Staub gemacht.

35. Frohe Weihnacht

„Moo, die Chrisbam sin heuer fei gscheit teuer worn. Werst scho sähn."

„Wurscht, jetzt guck mer halt mal. Mir müssen ja eh nach Haßfurt fahr."

Am Marktplatz muss die Fraa mal in die Sparkass nei. Vorm Hans seiner Nas direkt am Marktplatz is tatsächlich a Chrisbamverkauf. Freeng kost ja nix. Er zeicht dem Chef an schönen Bam.

„Was kost denn der?"

„Ach, da mach mer 55 Euro. A Schnäppchen quasi."

„Da braung mer gor nemmer weiter reden."

Der Hans dreht sich um und hockt sich in sei Auto. Nää, also des is ja wirklich a Unverschämtheit. Der spinnt doch.

So fahrn sie naus zum Engelhardt, also jetzt ja eigentlich XXXL, aber für die Alten immer noch der Engelhardt. Da ham sie a letztes Jahr ihren Bam gekäfft. Und der war net teuer.

Da is ah tatsächlich mehr los. Der Hans zeicht seiner Fraa drei Bäum. Jedesmal hat sie was auszusetzen.

„Ach mach doch was da willst. Ich soch gor nix mehr."

Wie jedes Jahr scheint der Weihnachtsbaumkauf zur Zerreißprobe für a langjährige Ehe zu wern. Nää, also wirklich, da könnt mer die Fraa doch zum Teifel jooch. Also wenn ich des wirklich mal mach, dann mit Sicherheit beim Chrisbam käffen, denkt sich der Hans.

Er secht tatsächlich nix mehr.

„Der is doch schö, odder?"

„Mir wurscht. Mach was da wisst."

Sie hat sich a Nordmanntanne rausgsucht. Ohne Nordmanntanne geht heut gor nix mehr. Und schlecht sieht die net mal aus. Des wären locker 60 Euro gewässt, am Marktplatz, bei dem Halsabschneider.

Der Hans winkt dem Verkäufer. Der kummt ah gleich. Mit Gummistiefel und dicken Strickpullover is er sofort bisle vertraut. Gummistiefel und dicker Strickpullover sin nämlich immer vertraut. So warm. Da fühlt mer sich doch gleich dazugehörich, So frisch ausm Wald, so natürlich halt.

„Was willst denn für den Krüppel da?"

„Wieso Krüppel, des is doch unner schönster Bam!"

„Ach guck doch genau hie, der hat ken Arsch, hinten is er platt, da fehlt doch alles."
Der Hans secht natürlich net, dass er genau so an Bam sucht. Weil den kann er dann nämlich so an die Wänd hie knöhr, dass der den Fernseh net ganzergor verdeckt und der Hans am heiligen Abend vielleicht doch bisle in die Röhrn, oder heitzutach ja auf die LEDs glotz kann.

„Naja, also 28 Euro soll er scho kost, ich muss ja ah vo was läb."
Der Strickpullover guckt sympathisch aus seiner Gummistiefel.
„Sag mer dein Preis"

Der Hans stutzt. Der will handel? Jetzt secht der 28 Euro. Scheiße, was mach ich denn jetzt. Des is doch eh scho viel zu billich. Aber der arm Kerl will jetzt vo mir was hör. Was sooch ich denn?
Ach wurscht. Der scheint arabische Großeltern zu ham. Ich kann den doch jetzt net enttäusch und sooch, dass ich den für 28 Euro käff.

„20 Euro, und kenn Cent mehr."

„Ja spinnst. Da kann ich na gleich zam sääch.

Beide gucken ratlos. Irgendwie sin sa jetzt in ahner Sackgass.

„Naja, du wollst doch handel, sooch halt dein Preis:"

„26 Euro, sonnst schmeiß ich na weg."

„Nääh, brauchst net, 26 Euro is gebongt."

Wieder gute Freund gehen sie Richtung Ausgang. Der Bam läuft wie vo allee durch den Verpackungstrichter.

„Hast des passend?"

„Ja klar. Ehrlich gsocht hät ich ah 28 Euro passend ghabt. Aber du wollst doch unbedingt handel. Was hät ich denn sooch soll? 30 Euro vielleicht?"

„Des wär schö gewässt. Da hätten ich mich gfreut." Der Strickpullover wird immer kuschliger, will fast streichelt wer, scheints.

„Ja, aber jetzt is es rum. Nächstes Jahr kriegst nochmal a Chance. Also dann.
Frohe Weihnachten."

Der Hans dreht sich um, nimmt sein Bam und trächt na zum Auto. So kann Weihnachten weitergeh.

36. Sie liebt mich, sie liebt mich nicht

„Ich lieb dich!"

„Lüüch net."

„Ich lüüch net. Ich lieb dich total."

„Blödsinn!"

„Doch, wirklich. Ich lieb dich ganz arg!"

„Des gläbt doch kenner mehr."

„Aber wieso denn net? Ich sehn mich nach dir, nach deiner Stimm, deim Lachen. Du bist alles für mich, echt."

„Ach hör auf damit. Jetzt machst wieder so lang zu, bis a Lawine losgetreten hast bei mir. Aber wenn's dann soweit is und die auf dich zurollt springst schnell auf Seiten und sagst: Des hab ich aber net gewollt. Des war a Versehen."

„Aber ich lieb dich. Ich kann einfach nix dagegen mach."

„Du lüchst scho widder."

„Ehrlich, meine Gefühle für dich sin so stark wie noch nie. Ich denk jede Minuten an dich."

„Lass mich in Ruh. Ich wills nimmer hör. Was war dann letze Woche mit dem Deppen aus deiner Firma?"

„Erinner mich net da dran. Des war blöd. Aber jetzt lieb ich dich wieder total, ehrlich. Es tut scho richtig weh."

„Ich mag nimmer."

„Sei doch net so. Ich lieb dich wirklich:"

„Du kannst mich gern ham."